A MONSIEUR FÉLICIEN T***

OMBRE & LUMIÈRE

ALLÉGORIE RELIGIEUSE

A notre avis, le spiritualisme doit, pour vaincre, se mesurer sur le même terrain que son adversaire et le combattre par les mêmes armes.

Camille FLAMMARION.

NIMES

IMPRIMERIE J.-B. ROUCOLE, GRAND COURS, PRÈS LA POSTE.

1874

A MONSIEUR FÉLICIEN T***

OMBRE & LUMIÈRE

ALLÉGORIE RELIGIEUSE

> A notre avis, le spiritualisme doit, pour vaincre, se mesurer sur le même terrain que son adversaire et le combattre par les mêmes armes.
>
> Camille FLAMMARION.

NIMES

IMPRIMERIE J.-B. ROUCOLE, GRAND COURS, PRÈS LA POSTE.

1874

LA NUIT

ou

L'OMBRE PHYSIQUE

A l'Occident, le ciel se décolore ;
Le jour s'enfuit du sommet du donjon.
Au fond du val, l'ombre est plus grande encore :
Son aile immense envahit l'horizon.
Le laboureur, fatigué de l'ouvrage,
Pour le repos abandonne les champs ;
Et les oiseaux, cachés dans le feuillage,
Ont dans les airs jeté leurs derniers chants.

L'obscurité sur la nature entière
Etend sans bruit son lugubre manteau ;
Les feux follets dansent dans la clairière ;
Les noirs esprits vont sortir du tombeau.
Sur le chemin, le voyageur qui passe,
Triste et pensif, accélère le pas.
Aucune voix ne traverse l'espace :
Tout est muet, tout est morne ici-bas.

En ce moment, dans l'immense tristesse,
Quel cri sinistre a soudain retenti ?
Est-ce un démon ricanant dans l'ivresse ?
Est-ce un chasseur que l'abîme engloutit ?

O voyageur, redouble de prudence,
Reste immobile et comprime ton cœur :
C'est du hibou l'hymne affreux qui commence,
Hymne infernal de sang et de terreur !

A ces accents, tout tremble en la nature.
Le châtelain près de l'âtre a blémi ;
Son brave chien s'aplatit et murmure ;
Sur le perchoir son gerfaut a frémi !
C'est que le mal s'est rué sur le monde,
Las ! écoutez, les renards et les loups ;
Un peu plus loin, c'est le tigre qui gronde,
C'est le lion qui rugit en courroux !

Petit oiseau, blotti dans la ramée,
Que feras-tu contre tant d'ennemis ?
L'affreux serpent, la chouette affamée,
Tous les brigands contre toi se sont mis !
Résigne-toi, chétive créature,
Tu ne saurais échapper à ton sort ;
Des assassins tu seras la pâture :
Pas de pitié ! c'est la loi du plus fort.

Mais, ô bonheur ! l'éclatante fanfare
Du joyeux coq vibre dans le lointain.
L'ombre l'entend, pâlit, plonge au Ténare.
Le voyageur s'éveille, et dit soudain :
A l'Orient, une lueur blanchâtre
De l'aube enfin annonce le retour ;
Dans le vallon, j'entends les chiens du pâtre :
Allons, en route ! il va faire grand jour !

L'IGNORANCE

OU

L'OMBRE MORALE

Triste, isolé, le soir, en ma mansarde,
Quand du travail j'ai déposé les fers,
A réfléchir parfois je me hasarde :
Pauvre mortel je creuse l'univers !
Fleuves, rochers, bois ombreux, ciel immense,
Voix du tonnerre ou soupir éolien,
Enseignez-moi la loi de l'existence,
Car mon esprit, hélas ! ne connaît rien.

Qu'êtes-vous donc, étoiles innombrables,
Poussière d'or brillant sur du velours ?
D'un ciel désert n'êtes-vous que les sables
Qu'un froid terrible enveloppe toujours ?
Ou bien la vie, aux effluves ardentes,
S'épanche-t-elle à flots sur votre sein,
Gonflant de sucs vos mamelles puissantes ?...
Hélas ! hélas ! mon esprit n'en sait rien.

Qu'êtes-vous donc, terres majestueuses,
Qu'on nomme ici Vénus, Mars, Jupiter ?
Las ! n'êtes-vous que des boules fangeuses,
Que le hasard fait rouler dans l'éther ?
Ou dans vos flancs, créateur secondaire,
Existe-t-il un esprit surhumain,
Chargé par Dieu d'animer chaque sphère ?...
Hélas ! hélas ! mon esprit n'en sait rien.

Qu'êtes-vous donc, fleurs aux fraîches corolles,
Qu'avril et mai ramènent tous les ans?
D'un dieu moqueur êtes-vous jeux frivoles,
Qu'il fit un jour pour tromper ses enfants?
Ou du bonheur êtes-vous le présage,
Quand vous offrez, sous forme de pollen,
Votre ambroisie au papillon volage?...
Hélas! hélas! mon esprit n'en sait rien.

Qu'êtes-vous donc, végétaux intrépides,
Qui pullulez du pôle à l'équateur?
N'êtes-vous rien que des spectres avides
D'air, de lumière et d'humide chaleur?
Ou bien en vous la divine parole
A-t-elle mis la source et l'entretien
De l'animal qui bondit, nage ou vole?...
Hélas! hélas! mon esprit n'en sait rien.

Qu'êtes-vous donc, animaux de la terre,
De l'infusoire au cétacé géant?
Chacun de vous n'est-il qu'un éphémère,
Fait pour rentrer bientôt dans le néant?
Ou faut-il voir, dans toute créature,
Les éléments d'un futur citoyen
Du genre humain qui grandit à mesure?...
Hélas! hélas! mon esprit n'en sait rien.

Qu'êtes-vous donc, belles enchanteresses,
Dont l'aspect seul fait palpiter le cœur?
L'homme doit-il repousser vos caresses,
Et s'éloigner de vous avec terreur?
Ou bien peut-il, ô merveille adorable!
Dans votre amour puiser force et soutien
Pour résister au malheur qui l'accable?...
Hélas! hélas! mon esprit n'en sait rien.

Qu'êtes-vous donc, Créateur invisible
De tant d'objets gracieux ou puissants ;
Vous, qui donnez la gazelle paisible
A dévorer aux lions rugissants ?
Faut-il trembler devant votre colère,
Comme un captif sous l'œil de son gardien,
Ou vous aimer comme on aime un bon père ?...
Hélas ! hélas ! mon esprit n'en sait rien.

Que suis-je donc, moi, qui vous interroge ?
Ne suis-je, hélas ! qu'un méchant feu follet,
Un automate, une façon d'horloge,
Ou suis-je un dieu sur la terre exilé ?
Dois-je rester dans le christianisme,
Rétrograder jusqu'au monde païen,
Ou me lancer dans le socialisme ?...
Hélas ! hélas ! mon esprit n'en sait rien.

Profonde nuit de mon intelligence,
A quel flambeau puis-je te dissiper ?
Fragile atôme, éclos dans l'ignorance,
A mille erreurs je ne puis échapper.
Mon cœur, plongé dans les ombres du doute,
Cherche à tâtons le beau, le vrai, le bien !
Trouvera-t-il enfin la bonne route ?...
Hélas ! hélas ! mon esprit n'en sait rien.

Mais, ô bonheur ! mon cœur, sèche tes larmes ;
La nuit s'épuise et le jour point là-bas.
Malgré la guerre et le fracas des armes,
La vérité grandit à chaque pas.
Oui ! l'heure approche où quelque grand génie
Mettra d'accord juif, arabe et chrétien ;
Mais verrons-nous cette époque bénie ?...
Hélas ! hélas ! mon esprit n'en croit rien.

LE JOUR

ou

LA LUMIÈRE PHYSIQUE

—◇—

Au point du jour, quand la voix frémissante
De l'*Angelus* annonce à la cité
Que les lueurs de l'aurore naissante
Chassent du ciel la morne obscurité,
Jusqu'au zénith, l'Orient s'illumine;
Vénus s'efface et la lune s'enfuit.
Tout, brin de mousse ou puissante colline,
Tout est joyeux de sortir de la nuit.

C'est le moment où les roses coquettes
Versent dans l'air leurs parfums les plus doux,
Où les moineaux, les pinsons, les fauvettes,
Par leur concert font enfuir les hiboux.
On se réveille, on frissonne, on respire;
Un sang plus clair pétille au fond du cœur.
Au frais contact des baisers du zéphire,
Qui peut nier un divin Créateur?

Puis le soleil, sur la crête onduleuse
Des monts géants perdus à l'horizon,
Sort lentement sa face radieuse,
Éblouissant les yeux et la raison.
A flots pressés il répand sur le monde
Le calorique et l'électricité,
Et les torrents de sa lumière blonde,
Dont rien ne peut exprimer la beauté.

— Astre adoré ! daigne ouïr la prière
Qu'un pauvre enfant te bégaie ici-bas.
Sans interrompre un moment ta carrière,
Enseigne-lui ce qu'il ne connaît pas.
De ta clarté montre-lui la naissance,
Le mécanisme et les combinaisons ;
De son esprit fais enfuir l'ignorance :
Plus que jamais il a soif de leçons.

— Puisque tu veux, me dit l'astre superbe
Qui resplendit à la voûte d'azur,
Du vrai savoir conquérir une gerbe,
Prends, mon enfant, un prisme en cristal pur.
Place le bien dans une chambre noire,
Pour que sur lui tombe un rais lumineux ;
Et puis regarde. — O ciel ! faut-il le croire ?
Je vois d'Iris l'arc-en-ciel merveilleux !

— Cet arc-en-ciel, de couleurs magnifiques,
En éventail s'élargit devant nous.
Les grands vitraux des églises gothiques
Sont bien moins beaux, reprit-il d'un ton doux.
Où l'homme voit mille et mille nuances,
Du violet sombre aux rouges les plus vifs,
Je n'ai placé, malgré les apparences,
Que trois couleurs ou rayons *primitifs*.

Le rayon *bleu*, virginal et céleste
Comme les yeux de ton Angélina,
Est le rayon, la physique l'atteste,
Par qui la vie en tous lieux germina.
Sous son baiser, tout s'anime et fermente ;
La séve monte et colore la fleur ;
L'oiseau gazouille et le poète chante :
De l'univers, c'est le Dieu CRÉATEUR !

Le rayon *jaune* est l'éclatant symbole
De la famille où vous fûtes bercés.
Un jour, vos fils, comprenant mieux son rôle,
N'en riront plus comme des insensés.
C'est le rayon calme et plein de réserve
Dont rien ne peut se passer un seul jour,
Puisque c'est lui qui mûrit et conserve
Les germes purs enfantés par l'amour.

Le rayon *rouge*, entraînant, sympathique,
Mais dévorant comme l'ambition,
Est du progrès le moteur énergique.
Tuer le mal, telle est sa mission !
C'est lui qui donne, avec l'ardeur guerrière,
La discipline à vos fiers régiments,
Comme c'est lui qui combat la misère
Par le travail et ses mille instruments.

Séparément, merveilleux phénomène
Qu'on ne saurait trop graver dans l'esprit,
Chaque rayon délivré de sa chaîne,
En peu d'instants dans l'Erèbe périt.
Mais réunis, sans nulle préférence,
Ils vont formant la lumière en tout lieu.
C'est le blanc pur, l'idéal de la France;
C'est le blanc pur, le symbole de Dieu !

LA VÉRITÉ

ou

LA LUMIÈRE MORALE

De la lumière !... Encor plus de lumière !...
Murmurait Goëthe à son dernier moment.
Tel est le cri, la touchante prière
Que l'univers répète incessamment.
L'herbe la dit au sein de la prairie ;
L'oiseau, dans l'air ; le poisson, dans les flots.
C'est ce que dit surtout l'âme meurtrie,
Lorsque, navrée, elle éclate en sanglots.

Quand l'œil physique a le bonheur immense
De voir si bien l'univers corporel,
D'où vient que l'œil de notre intelligence
Perçoit si mal le monde immatériel ?
Cela vient-il d'un défaut incurable ?...
Est-ce un flambeau qui manque au genre humain ?...
Problème ardu, question redoutable,
Que tant d'esprits élaborent en vain.

Un jour qu'aux champs, volontaire Tantale,
J'errais pensif et le cœur attristé,
Cherchant aussi le fil du noir dédale
Où se débat notre société,
J'allai si loin dans l'abrupte garrigue
Que je perdis trace de tout sentier.
Atteint alors d'une immense fatigue,
Je me couchai sous un vieux noisetier.

Je m'endormis. Bientôt un rêve étrange
Me transporta loin du monde réel.
J'apercevais la figure d'un ange
A mi-chemin de la terre et du ciel.
Sa robe azur, légère et transparente,
La recouvrait à plis longs et flottants.
Tenant en main une lyre vibrante,
Elle chantait l'amour et le printemps.

— Je suis, enfant, la blonde Poésie,
Que Dieu créa pour chanter la beauté.
Je viens du ciel où fleurit l'ambroisie,
Et vous apporte ici la volupté.
Dès que j'arrive, une ivresse profonde
Charme l'esprit et rapproche les cœurs ;
L'amour s'allume et remplit votre monde
D'êtres vivants, de parfums et de fleurs !...

Elle se tut, et sa voix mesurée
Dans mon tympan, douce, vibrait encor,
Lorsque je vis sa tunique azurée
En peu d'instants passer au jaune d'or.
Au lieu de lyre, elle avait la balance,
Le télescope et divers instruments.
Je reconnus la virile Science,
Mère du vrai, du vrai sans ornement.

— J'ai mesuré, me dit-elle, et la terre
Et les soleils entassés dans les cieux.
J'ai du passé dévoilé le mystère
En comparant les os de tes aïeux.
Sans nul repos, j'analyse, j'ordonne
L'air, l'eau, le feu, la plante et l'animal ;
Encore un jour, et ma jeune couronne
Dans sa racine aura vaincu le mal !

Elle se tut, et sa robe éclatante,
Soudain passa du jaune au pourpre vif.
Plus vieille alors, mais toujours sonriante,
Elle eut charmé le cœur le plus rétif.
Ses bras ouverts, comme ceux d'une mère,
Disaient bien mieux que les plus longs discours :
« Venez à moi, parias de la terre,
» Que tant de maux font gémir tous les jours. »

— Je ne suis plus la blonde Poésie,
Ni la Science au regard ferme et droit.
Pour consoler, l'Eternel m'a choisie :
Je monte au ciel, enfant, je suis la Foi.
Ris des canons de la force brutale,
Ris des trésors des Crésus pleins d'orgueil,
Puisque demain la Mort impartiale
Vous mettra tous dans le même cercueil !

Mais, qu'ai-je dit? la mort n'est qu'apparente ;
Elle n'est rien qu'un fantôme odieux,
Que la nature, en mère prévoyante,
A mis partout au devant de vos yeux.
Rien ne périt, mais tout change et s'altère,
Passant toujours de la crise au sommeil :
Les noirs esprits retombant sur la terre,
Les esprits clairs s'envolant au soleil !

Tout se fondit alors en un nuage,
Lequel devint un grand et beau vieillard ;
Je reconnus mon grand-père, homme sage,
Qui m'expliqua ces trois faits sans retard :
— Ces nobles sœurs, me dit-il, ces trois Grâces,
Qu'on voit toujours se tenant par la main,
Sont les flambeaux dont chacun suit les traces,
Les *trois* rayons d'un esprit surhumain.

La Poésie éclot dans la jeunesse,
Comme la fleur apparaît au printemps.
La Foi paraît au seuil de la vieillesse,
Comme le vin après les jours ardents.
Entre elles deux, l'éclatante Science
Dore les fruits de la virilité,
Comme juillet, par sa lumière intense,
Mûrit les grains qu'on moissonne en été.

Ne sais-tu pas que les rayons solaires
Ne peuvent, SEULS, éclairer aucun corps ?
La même loi régit ces sœurs austères ;
Séparons-les, ce sont trois rayons morts !
Ainsi la Foi meurt dans le fanatisme,
Au scepticisme expire le savoir ;
La Poésie, au sein du mysticisme,
Quand, sauf un d'eux, l'homme ne veut rien voir.

Mais réunis ces lueurs vacillantes
Et groupe-les en un commun foyer ;
Tout aussitôt des clartés fulgurantes
Resplendiront sur l'esprit dévoyé.
Cette clarté, si pure et si féconde,
C'est le bon sens éclairant la raison ;
C'est le salut de votre pauvre monde,
Que demandait le Christ en oraison.

O Trinité, naturelle et mystique,
Que le lettré de nos jours voit si peu ;
Mais que voyait si bien le mage antique
Lorsque, en extase, il te proclamait DIEU !
Oui, l'heure approche où ta blanche lumière,
Après avoir dissipé le brouillard
Que mille erreurs ont produit sur la terre,
Réjouira le plus humble regard.

Cette leçon, mon fils, est incomplète ;
Mais l'avenir te l'expliquera mieux.
Combien de temps, nébuleuse comète,
La terre, *obscure*, a roulé dans les cieux !
Elle absorba les siècles par centaines
Avant de voir le disque du soleil.
Pour voir de Dieu les splendeurs souveraines,
L'homme emploira, sans doute, un temps pareil.

S'il faut des mois, parfois plus d'une année,
Pour qu'un insecte, un petit papillon,
Sorte au soleil son aile emprisonnée
Dans l'œuf obscur qu'on appelle cocon,
Que faudra-t-il donc à la chrysalide
De ce géant nommé « l'Humanité, »
Avant de voir la lumière splendide
Qui sort des yeux de la Divinité?

Retourne donc, enfant, à ton ouvrage.
Tu te perdrais sans le moindre succès,
Si tu creusais cet objet davantage :
Ne sois pas fou comme tant de Français !
Paris n'est rien à côté de l'Europe,
Et tu n'es rien à côté de Paris.
Calme-toi donc; ne sois plus misanthrope :
Aime, travaille, et surtout chante et ris !

Mon rêve alors s'éteignit sans secousse,
Comme s'éteint, le soir, un beau vitrail ;
Je m'éveillai, rempli d'une humeur douce,
Et je repris le chemin du travail.
Depuis ce jour, mon âme est consolée ;
J'ai retrouvé mon ancienne gaîté.
Pour ramener cette douce exilée,
Que faut-il donc?... Un peu plus de clarté.

François BROC.